Na Trì Mathain

air eadar-theangachadh le
Seumas R. MacDhòmhnaill

bradan
press

Clò a' Bhradain
Halafacs, Alba Nuadh

Chaidh *Na Trì Mathain* fhoillseachadh an toiseach le Clò a' Bhradain ann an 2023.

Clò a' Bhradain, Halafacs, Alba Nuadh, Canada
info@bradanpress.com | www.bradanpress.com

Eadar-theangachadh © 2023 Seumas MacDhòmhnaill
Dealbhan le Leonard Leslie Brooke 'san àrainn phoblach
Dealbhan le William Morris 'san àrainn phoblach

ISBN 978-1-77861-024-0 (leabhar bog)
ISBN 978-1-77861-025-7 (leabhar-d EPUB)
ISBN 978-1-77861-026-4 (leabhar-d Kindle)

Library and Archives Canada Cataloguing in Publication

Title: Na trì mathain / air eadar-theangachadh le Seumas R. MacDhòmhnaill ; dealbhan le Leonard
 Leslie Brooke 'san àrainn phoblach, dealbhan le William Morris 'san àrainn phoblach.
Other titles: Goldilocks and the three bears. Scottish Gaelic.
Names: MacDonald, James R., translator. | Brooke, L. Leslie (Leonard Leslie), 1862-1940,
 illustrator. | Morris, William, 1834-1896, illustrator.
Description: Translation of: Goldilocks and the three bears. | Text in Scottish Gaelic.
Identifiers: Canadiana (print) 20230440185 | Canadiana (ebook) 20230440193 | ISBN 9781778610240
 (softcover) | ISBN 9781778610257 (EPUB) | ISBN 9781778610264 (Kindle)
Classification: LCC PZ90.G2 T75 2023 | DDC j398.2—dc23

Tha Clò a' Bhradain ag aithneachadh taic Mòr-roinn na h-Albann Nuaidhe. Tha sinn toilichte a bhith ag obair ann an com-pàirteachas le Roinn nan Coimhearsnachdan, a' Chultair, na Turasachd agus an Dualchais gus na goireasan cultarail a leasachadh agus adhartachadh do gach duine ann an Albainn Nuaidh.

Clò-bhuailte le Lightning Source

Uair dha robh saoghal, bha teaghlach de thrì mathain—

Mathan Mòr, Mathan Meadhanach, agus Mathan Meanbh.

Bha iad a' fuireach còmhla ann an taigh 'sa choille.

Bha bobhla-lite aig a h-uile fear—bobhla mòr aig Mathan Mòr, bobhla meadhanach aig Mathan Meadhanach, agus bobhla meanbh aig Mathan Meanbh.

Anns an taigh aca, bha cathair mhòr aig Mathan Mòr, cathair mheadhanach aig Mathan Meadhanach, agus cathair mheanbh aig Mathan Meanbh.

A bharrachd air sin, bha leabaidh aig gach mathan—leabaidh mhòr aig Mathan Mòr, leabaidh mheadhanach aig Mathan Meadhanach, agus leabaidh mheanbh aig Mathan Meanbh.

Aon latha, ás déidh dhaibh lite a dhèanamh agus a chur a-steach dha na trì bobhlaichean, chaidh na mathain a-mach air cuairt 'sa choille fhad 's a bha an lite a' fuarachadh.

Bha caileag air an robh Òr-fhalt a' cruinneachadh dhìtheanan agus chaidh i air seachran 'sa choille. Thachair i air taigh nam mathan nuair a bha iad air falbh.

O chionn 's gun robh am pathadh agus an sgìos oirre, ghnog i air an doras, ach cha do fhreagair duine. Ás déidh dhi feitheamh airson greis, ghnog Òr-fhalt air an doras a-rithist. Choimhead i tron toll-iuchrach agus chan fhaca i duine sam bith.

Seach nach robh duine aig an taigh, phut i an doras agus chaidh i a-steach. Cha robh fios aice gur ann leis na trì mathain a bha an taigh.

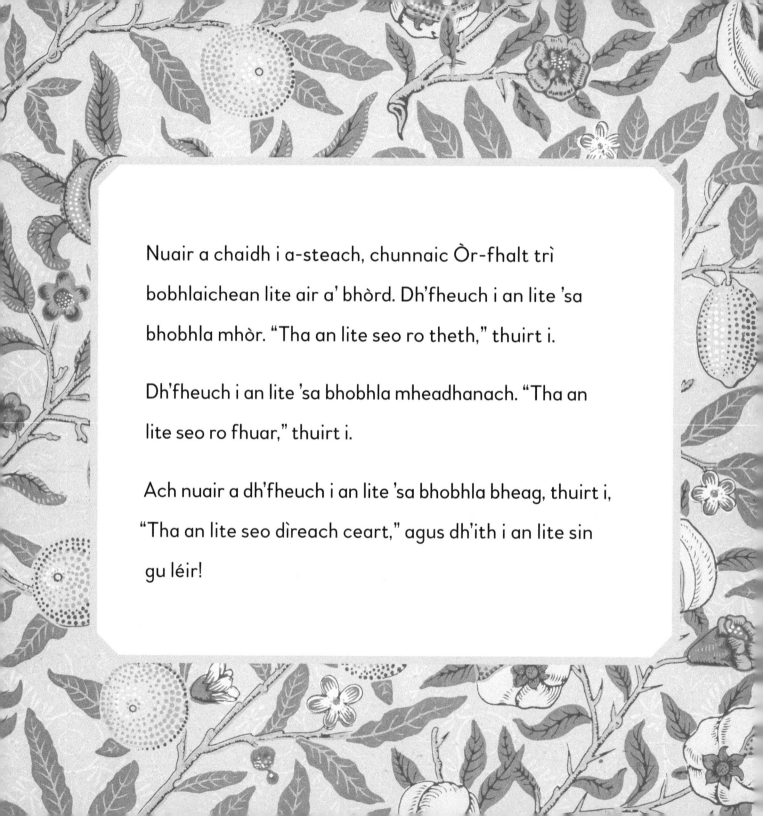

Nuair a chaidh i a-steach, chunnaic Òr-fhalt trì bobhlaichean lite air a' bhòrd. Dh'fheuch i an lite 'sa bhobhla mhòr. "Tha an lite seo ro theth," thuirt i.

Dh'fheuch i an lite 'sa bhobhla mheadhanach. "Tha an lite seo ro fhuar," thuirt i.

Ach nuair a dh'fheuch i an lite 'sa bhobhla bheag, thuirt i, "Tha an lite seo dìreach ceart," agus dh'ith i an lite sin gu léir!

Nuair a bha i làn lite, chunnaic Òr-fhalt trì cathraichean ri taobh a chéile. An toiseach, shuidh i 'sa chathair as motha. "Tha a' chathair seo ro mhòr agus chan eil i cofhurtail idir," thuirt Òr-fhalt.

An uairsin, shuidh i 'sa chathair mheadhanaich. "Tha a' chathair seo ro chruaidh," thuirt i.

Mu dheireadh, shuidh i 'sa chathair mheinbh. "'S toil leam a' chathair seo. Tha i dìreach ceart!" thuirt i. Ach, gu mì-fhortanach, nuair a bha i a' tulgadh air ais 's air adhart, bhris a' chathair!

An uairsin, dh'fhàs Òr-fhalt uabhasach sgìth. Dhìrich i an staidhre agus chunnaic i trì leapannan, taobh ri taobh.

"Obh, obh," thuirt i, "tha mi cho cadalach." Laigh i sìos air an leabaidh ro-mhòr. "Tha an leabaidh seo ro chruaidh," thuirt i.

An uairsin, laigh i sìos air an leabaidh mheadhanaich. "Tha an leabaidh seo ro bhog," thuirt i.

Agus mu dheireadh, laigh i sìos air an leabaidh bhig. "O, tha an leabaidh seo dìreach ceart," thuirt i, agus thuit i 'na cadal trom.

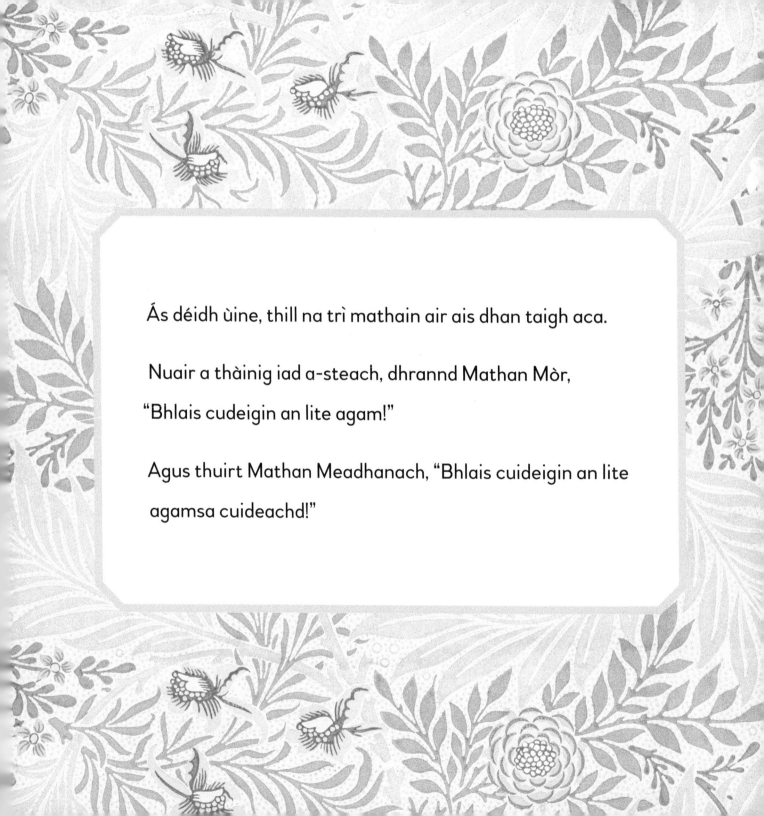

Ás déidh ùine, thill na trì mathain air ais dhan taigh aca.

Nuair a thàinig iad a-steach, dhrannd Mathan Mòr, "Bhlais cudeigin an lite agam!"

Agus thuirt Mathan Meadhanach, "Bhlais cuideigin an lite agamsa cuideachd!"

An uairsin ghlaodh Mathan Meanbh, "Bhlais cuideigin an lite agamsa agus dh'ith iad gu léir i!"

Nuair a sheall na mathain mu chuairt, dhrannd Mathan

Mòr, "Bha cuideigin 'nan suidhe 'sa chathair agamsa."

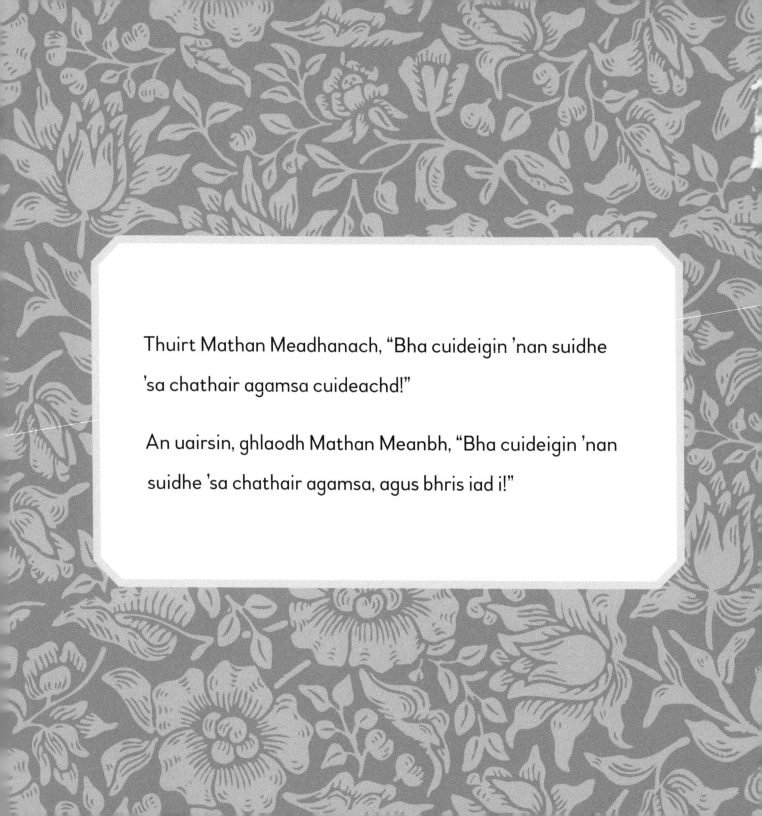

Thuirt Mathan Meadhanach, "Bha cuideigin 'nan suidhe 'sa chathair agamsa cuideachd!"

An uairsin, ghlaodh Mathan Meanbh, "Bha cuideigin 'nan suidhe 'sa chathair agamsa, agus bhris iad i!"

Chaidh na mathain suas an staidhre far an robh na leapannan aca.

"Bha cuideigin 'nan laighe 'san leabaidh agam," dhrannd Mathan Mòr.

"Laigh cuideigin 'san leabaidh agamsa cuideachd," thuirt Mathan Meadhanach.

Ghlaodh Mathan Meanbh, "Bha cuideigin 'nan laighe 'san leabaidh agamsa, agus tha i fhathast innte!"

Dhùisg Òr-fhalt an uairsin agus chuannic i na mathain.

"Mo thruaighe!" ghlaodh i, agus dh'éirich i ann am priobadh na sùla.

Chaidh i a-mach tron uinneig 'na cabhaig. Agus ruith i dhachaigh 'na deann. Cha deach i dhan choille gu bràth tuilleadh!

Mu'n Ùghdair

A' fuireach ann an Albainn Nuaidh, 's ann á Carolina a Tuath a tha an Dr. Seumas R. MacDhòmhnaill bho thùs. Tha e de shliochd tuinichean na Gàidhealtachd a rinn imrich do Shrath Cheap Fear. Tha Ph.D. aige bho Oilthigh Dhùn Éideann ann an Eòlas na h-Alba agus ceum ann an Gàidhlig bho Shabhal Mòr Ostaig. Theagaisg an Dr. MacDhòmhnaill Ceiltis aig Oilthigh Naomh Fhransaidh Xavier agus tha e air iomadh neach-ionnsachaidh na Gàidhlig oideachadh. Tha e a' teagasg a-nis tro Chomunn Gàidhlig Thoronto.

bradan press

*A' co-cheangal leughadairean air feadh an t-saoghail
ri cànan is cultar na Gàidhlig*

Tiotalan eile do chloinn:

Airson tuilleadh leabhraichean, tadhailibh air Clò a' Bhradain:

bradanpress.com

Milton Keynes UK
Ingram Content Group UK Ltd.
UKHW020259130324
439325UK00005B/72